JOSEPH BOUCHARD

A Coups d'Estompe

POÉSIES

PARIS
ALPHONSE LEMERRE, ÉDITEUR
23-31, PASSAGE CHOISEUL
NEW-YORK, 13 WEST, 21th STREET
M DCCC XCV

A Coups d'Estompe

DU MÊME AUTEUR

La Première Glane, avec une lettre de François Coppée, de l'Académie française 1 50

Bleuets et Chrysanthèmes (5me édition). Couverture illustrée en couleurs, et portrait . . . . 3 »

Le Pardon . . . . » 30

Les Ironiques (2me édition) . . . . 3 »

JOSEPH BOUCHARD

A

Coups d'Estompe

POÉSIES

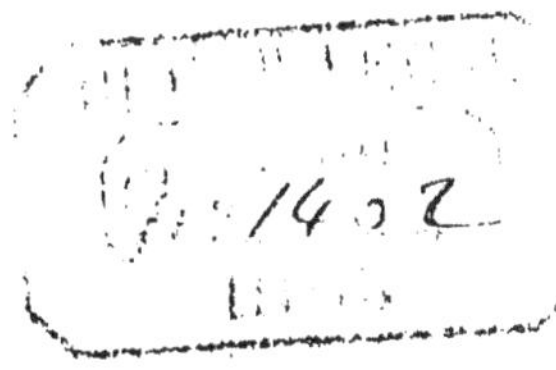

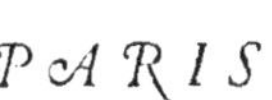

PARIS
ALPHONSE LEMERRE, EDITEUR
23-31, PASSAGE CHOISEUL
NEW-YORK, 13 WEST, 24th STREET

M DCCC XCV

A

MADAME LA COMTESSE DE LESSEPS

est dédié ce livre,

avec respect et reconnaissance.

JOSEPH BOUCHARD.

Paris, 29 mai 1894.

Mépris

MÉPRIS

Aux ennemis des poètes.

Bien des gens m'ont dit : « C'est une folie
De faire des vers. » Et j'ai répondu :
« Vous êtes trop laids, ma muse est jolie
Et ne me l'a pas encor défendu.

« Jamais à son fruit vous n'avez mordu ;
Jamais vous n'aurez sa mélancolie,
Jamais ses yeux noirs, sa mine pâlie.
Vous êtes trop laids, ma muse est jolie.

« Un serment sacré m'enchaîne et me lie
A son bras dans le marbre blanc tordu,
— Son bras que jamais elle n'a tendu
Vers vous, vilains laids, ma muse jolie. »

Le Pardon

LE PARDON

A Catulle Mendès.

Non! calme ton courroux, chasse bien loin ta haine.
Qu'importe à ton génie un pauvre énergumène?
Le don que tu reçus des cieux,
Malgré tout le mépris dont le jaloux t'abreuve,
Sortira triomphant de la plus rude épreuve,
Faisant l'honneur de tes aïeux.

Poète, réfléchis, sois meilleur et pardonne
A ceux-là qui voudraient usurper ta couronne
Pour la voir embellir leur front,

Et pour que le public se découvre, en extase,
Devant le vert laurier que leur malice écrase
Avec la langue et le talon.

Sois meilleur, noble enfant qui caches dans ton âme
Le secret de chanter l'art, l'amour et la femme,
Toi qui fais vivre par ta voix
L'horizon s'entr'ouvrant au lever de l'aurore,
L'espace, les moissons et le rayon qui dore
Les feuilles mortes dans les bois.

Sois meilleur, toi qui lis au livre des étoiles,
Qui peins le bleu du ciel et la blancheur des voiles,
Toi qui sais broder un écrin
Pour le simple brin d'herbe où perle la rosée,
Qui sais faire osciller la branche où s'est posée
L'humble mésange au nid de crin.

Sois meilleur, toi qui prends à l'écume des vagues
Et le rythme du flot et la verdeur des algues,
Toi qui ravis au firmament
Le reflet qui descend de la lune au teint pâle,
Toi qui dans un seul vers enchâsse, avec l'opale,
Rubis, saphir et diamant.

Sois meilleur, toi pour qui les brebis de la lande,
Au milieu des genêts parfumés de lavande,
Répètent des bonds familiers;
Toi qui donnes aux fleurs des teintes plus vermeilles,
Qui dérobes la brise aux ailes des abeilles
Et la chèvre fauve aux halliers.

Sois meilleur, toi pour qui le silence des cimes
N'a pas plus de secret que l'effroi des abîmes
Ou le cratère des volcans,
Toi qui vois au travers de la plus vaste brume
Et, tenant à la main le luth d'or et la plume,
Vas te plonger dans les torrents.

Sois meilleur, toi qui dis si bien les doux murmures
Du printemps frais éclos sous l'ombre des ramures,
Toi par qui l'aubépin neigeux
Exhale ses senteurs dans les feuillets d'un livre,
Toi qui souris toujours quand l'amante se livre
Aux baisers de son amoureux.

Sois meilleur, toi qui sais sur la glèbe féconde,
Parmi les paysans fauchant l'avoine blonde,
Lancer comme un frisson vermeil;

Toi qui, dans les épis que le matin caresse,
Pars éveiller Cérès au sceptre de déesse,
Avec un jet de beau soleil.

Sois meilleur, toi qui sais au souffle de l'automne
Enlever tout le noir de son chant monotone
Pour ne laisser aux bois jaunis
Qu'un charme langoureux semé de feuilles mortes,
Tandis que, pas à pas, l'hiver ouvre ses portes,
Chassant dans l'air les derniers nids.

Sois meilleur, toi qui peux, lorsque la neige tombe,
Egayer le ciel gris et la croix de la tombe,
En transformant chaque flocon
En debris épargnés de nouveaux chrysanthèmes,
Qui semblent nous couvrir de leurs pétales blêmes
Quand les corbeaux volent en rond.

Sois meilleur, toi qui peux dans le rythme des phrases
Faire cambrer l'étreinte et mourir les extases
Lorsque à la vitre l'aube a lui;
Toi qui mets aux bras nus — délicieuses chaines
Le désir plus ardent des ivresses prochaines
Dans les ténèbres de la nuit.

Sois meilleur, toi qui tends vers les vierges avides
La coupe des plaisirs, où leurs regards timides
Osaient s'aventurer parfois;
Toi qui verses à flots la boisson des orgies,
Qui mets des mots ardents sur les lèvres rougies
Et des bruits divins dans les voix...

Sois meilleur! Sous l'éclat de mille girandoles,
Les couples enlacés dansent leurs farandoles.
La corde au timbre de cristal
Et le clavier d'ivoire ont mêlé leurs murmures.
On dirait un essaim de blanches créatures
Parant un luxe oriental.

Poète qui m'entends, prends ta lyre et pardonne.
Que ta muse aujourd'hui sans regret s'abandonne,
Oublieuse du lendemain.
Aux folles voluptés là-bas on te convie,
Car là-bas, où l'on t'aime, on comprend bien ta vie,
On voudrait te presser la main.

Pars donc! Et ne reviens qu'au lever de l'aurore.
Plus tard tu songeras à l'étoile qui dore
Un tout petit coin du ciel bleu.

Plus tard tu nous peindras la vague qui déferle.
Le gazon du matin plus tard aura sa perle.
L'amour ne déplaît pas à Dieu.

Pars donc! Et plonge-toi jusqu'au fond de l'ivresse.
Plus tard, Cérès! Ce soir, Vénus est la déesse
A qui tes vers doivent offrir
Un bouquet délicat fait de roses trémières;
Les fleurs sont très souvent confidentes premières
Des gros baisers de l'avenir.

Et tu verras alors — si ton doute persiste
Que l'âme, à certains jours, pèche en demeurant triste,
Et que si tu reçus le don
De transformer la plume en pinceau d'harmonie,
Tu ne serais pourtant qu'un imparfait génie
Si tu refusais le pardon.

Retour à l'Idéal

RETOUR A L'IDÉAL

A mademoiselle Consuelo de Lesseps.

Où suis-je? Ai-je rêvé?... Pourquoi donc ce réveil?
Où suis-je?... Tout est gai. Tout sourit. Le soleil
Entre par ma fenêtre. Et le lieu d'où j'arrive,
Oh! qu'il est différent et loin de cette rive!
Oh! qu'on est bien ici! qu'on y doit être heureux!...
Plus de bruit!... La nature, et l'espace, et les cieux;
La verdeur des forêts, le lever des aurores;
Les couchants empourprés sur les vieux sycomores;

L'angélus campagnard sonnant son carillon;
Le paysan qui vient, à pas lents, du sillon;
Le clocher du village, où le coq étincelle;
Le cavalier qui passe, élégant sur sa selle,
Fier de voir s'élancer son cheval béarnais,
Tout là-bas, au grand trot, parmi l'or des genêts.

Oh! qu'on est bien ici! Combien il vous soulage,
Cet air vif où s'ébat la colombe sauvage!
Combien il vous séduit, ce splendide horizon!
— Qui se plaît à parer cette jeune saison
D'une beauté si simple, et si pure, et si douce?
Partout l'espoir renaît avec l'arbre qui pousse.
Partout l'amour! L'oiseau du chêne de cent ans
Donne à son vieil ami sa chanson de printemps.

Oh! tous les riens charmants : les lacs bleus, la prairie;
La vaste lande, avec sa bruyère fleurie
Et ses genévriers aux bourgeons frais éclos;
La clairière déserte invitant au repos;
Le chaume du hameau, le profil des collines;
Le clair tintement des clochettes argentines;
Le chant du cor mourant au plus profond du bois;
Le piqueur tout en rouge et le cerf aux abois;
La meute qui bondit, devançant, affolée,

Le galop des chevaux épars dans la vallée;
Les adieux du chasseur lorsque le jour s'enfuit;
Puis la chute imposante et lente de la nuit;
Et le bal en plein air, au bout de la pelouse,
Où filles en bonnet et jeunes gars en blouse
Dansent à la musette avant d'aller dormir...

Oh! qu'on est bien ici! Pourquoi donc en partir?

La Reine des Nuits

LA REINE DES NUITS

Sous la coupe du ciel où l'azur bleu repose,
Balançant son corps nu dans l'éther assoupi
Et laissant derrière elle un flot de gaze rose,
Elle s'en va, sitôt le vent du soir glapi,
Rouvrir de ses doigts blancs l'écrin d'or des étoiles.

Et le pêcheur rentrant, abrité sous ses voiles,
L'homme des champs qui vient de bêcher les sillons,
Le peintre, heureux d'avoir un motif pour ses toiles,
L'enfant qui mène au nid son long troupeau d'oisons,
Chacun jette un regard tendre à la bonne Reine.

Quelle douce harmonie en ta splendeur sereine,
Ciel imposant des nuits de printemps, où l'amour
Glisse, frôlant sans bruit le vol de la phalène,
Puis accroche son aile incertaine au détour
Des chemins tout baignés d'ombre mystérieuse!

Egrène dans les airs ta voix harmonieuse,
Rossignol! vous, zéphyrs, chantez dans les roseaux!
Chantez! votre maîtresse attend, impérieuse,
Et les sylphes légers, au-dessus des ormeaux,
Ont achevé déjà leur danse coutumière.

Brille, Phébé, verse les flots de ta lumière.
L'âme de nos défunts a besoin de te voir.
Va sourire aux vieux morts endormis dans la bière,
Qui se sont adorés dans le calme du soir,
Sous un joli rayon de lune entre les branches.

Mais votre éclat faiblit, mais vous devenez blanches,
Étoiles; votre Reine à son tour a pâli.
Et l'horizon vomit comme des avalanches
De roses sur un lac de lapis-lazuli...
Astres, vous déclinez, vous blanchissez encore.

Vous pâlissez toujours, et l'horizon se dore ;
Et le hameau s'éveille, et le matin naissant
Vient offrir aux regards un tableau ravissant :
C'est la Reine des nuits qui fuit devant l'aurore.

Voix terrestre

VOIX TERRESTRE

I

Avril venait de naître. En de vagues lumières,
Sur le toit des palais, sur le toit des chaumières,
L'or des astres tombait, chassant le moindre bruit.
Et la terre endormie au repu de tout rêve
Disait :

« Va-t'en là-bas, au milieu de la grève.
C'est l'heure où sur mon sein ma déesse se lève.
Une force invincible à ses pieds te conduit.

« Que t'importent son nom, sa fortune, sa gloire?
Pourquoi scruter en vain ta trompeuse mémoire?
Jamais tu ne l'as vue, ô jeune homme insensé!
Laisse derrière toi la fille de taverne;
Méprise cette femme au cœur faux, à l'œil terne.
Qui des amours naïfs ne se fait qu'une berne.
L'avenir te sourit. Oubli pour le passé!

Oubli pour le passé dont ton âme est trop pleine!
Oubli pour le passé qui te rive à sa chaîne
Comme au cachot d'une prison!
« Oubli pour le passé dont ta chair est meurtrie!
N'entends-tu pas, jeune homme, une voix qui te crie :
« Il en est temps encore; à ta lèvre flétrie
« Ote la coupe du poison!... »

« Où donc est-il ce temps où, sur la dalle humide,
Ta mère te faisait tomber à grands genoux;
Où souvent tu priais, les mains jointes, timide;
Où ton beau front d'enfant n'avait pas une ride;
Où tu disais : « Seigneur, ayez pitié de nous! »

« Où donc est-il ce temps où, par les soirs d'automne,
Quand les feuilles, chantant leur chute monotone,

Quittaient les arbres du hameau,
Tu marchais devant toi, songeur et solitaire;
Où tu pensais : Pourquoi regretter cette terre,
Puisqu'il existe un Dieu là-haut?

« Où donc est-il ce temps — ô douceur ingénue! —
Où, lorsque le tonnerre éclatait dans la nue,
Fidèle aux préceptes chrétiens,
De ton poing, par trois fois, tu frappais ta poitrine,
Afin de détourner la colère divine
De la chère maison des tiens?

« Où donc est-il ce temps où, la tête baissée,
Au prêtre tu disais, fouillant dans ta pensée,
Tes gros péchés de chérubin;
Où tu pleurais, fervent, comme lorsqu'on pardonne,
Sous le regard muet de la sainte madone
Qui te bénissait de sa main?

« Où donc est ce temps-là, jeune homme? »

Et lui, stupide,
Ne ressentant plus rien dans son cerveau trop vide
Et jetant vers le ciel un coup d'œil puéril,
Se mit à répéter : « Ce temps, où donc est-il? »

II

Mais quand il regagna lentement sa demeure,
Il s'écria : « Qui donc m'a parlé tout à l'heure?
Qui m'a jeté ces mots : *Oubli pour le passé?*
Qui prétend que je suis un vulgaire insensé,
Qu'avant tout la debauche est ma seule maitresse?
Qui m'a mis sous les yeux un coin de ma jeunesse?
Qui m'a dit, d'un accent où perçait le courroux,
Qu'autrefois j'avais su tomber à grands genoux?...
Et puis enfin, quelle est cette femme ignorée
Que mes sens assouvis n'ont jamais rencontrée?...
... Une force invincible à ses pieds me conduit!... »

Et la terre ajouta : « Regarde, c'est la Nuit! »

Fantômes

Comme il fait noir dans la vallée !
J'ai cru qu'une forme voilée
Flottait là-bas sur la forêt.
Elle sortait de la prairie,
Son pied rasait l'herbe fleurie.
C'est une étrange rêverie ;
Elle s'efface et disparaît.

ALFRED DE MUSSET, *La Nuit de Mai.*

FANTOMES

A mademoiselle Suzanne Bex.

Les nuits! Pourquoi parler des nuits après Musset?
Vous savez bien, Musset, le cher poète au saule,
Lui qui chanta l'amour, lui qui chanta la Gaule,
Lui dont l'étoile brille au ciel gris du passé!

Chimère? Non. Folie? Oui, peut-être. Un poete,
C'est le fou qui s'enfuit, et sans que rien l'arrête,
        Sa chevelure éparse au vent,
Et, pareil à l'aiglon qu'un orage soulève,
Franchit, majestueux, l'espace avec son rêve,
        Vole toujours plus en avant.

Mais n'existe-t-il pas d'autres nuits sur la terre
Que celles où l'on dort sous un toit abrité?
Et si les soirs de Mai sont empreints de mystère,
L'âme a ses nuits, son ombre et son obscurité.

L'âme? Quel est ce mot? D'où vient son origine?
Je ne pourrais m'attarder là,
Car je serais l'enfant qui veut de sa badine
Fléchir un nouvel Attila.

Pourtant, qui dans des jours coupables où la vie
Semble une coupe vide, autrefois bien remplie,
N'a pas gémi, pleuré, souffert,
Et ne s'est demandé, la main sur la poitrine :
« Qu'ai-je ici de caché, comme une ombre divine,
Comme un débris de ruban vert? »

Cette ombre, ce débris d'espérance qui reste,
C'est l'âme qu'on retrouve avec l'instant funeste,
Le cœur qu'on n'avait pas senti,
Si ce n'est enivré par le plaisir frivole
Qui, défunt pour les uns, vers les autres s'envole,
Sans regretter d'avoir menti.

Fantômes du bonheur, fantômes des ivresses,
Pourquoi changer ainsi d'amours et de maîtresses?
Pourquoi si tôt, si tôt mourir,
Lorsqu'on vous tend les bras, lorsque l'on vous supplie
De ne pas entacher déjà d'un flot de lie
La coupe qu'on n'a pu tarir?

VISION

OH ! les jolis yeux aux couleurs d'ébène !
Oh ! les jolis doigts mignons et fluets !
Le joli teint rose où le rire traîne
Le parfum troublant des premiers bleuets !

Oh ! les jolis bras ! le joli front pâle !
Les jolis cheveux tombant en flot noir
Sur l'épaule où vont des blancheurs d'opale
Comme des clartés dans l'ombre du soir !

Ange radieux, pourquoi ton visage
Vient-il réjouir mon triste chevet?
Tu pars sans m'avoir laissé le présage
De mon rêve d'or trop vite achevé.

Adolescence

ADOLESCENCE

Tes épais cheveux noirs tombent sur ton blanc cou.
Un livre entre les doigts, tu me sembles pensive;
Et de ta bouche rose une haleine plaintive,
Avec un gros soupir, s'échappe tout à coup.

Quel est donc ton désir, femme encore naïve?
Où va ton rêve? Où plane, incertain, ton espoir?
Dans quelle onde sans ride, ainsi qu'en un miroir,
Suis-tu de l'avenir la course trop hâtive?

Rien n'est plus doux, je sais, que le calme du soir,
Quand frissonne la feuille au souffle de la brise
Et que des fleurs de Mai la senteur qui vous grise
Monte dans l'air ainsi qu'un parfum d'encensoir.

Mais je sais bien aussi que ta pauvre âme est prise,
Enfant; qu'une chimère a germé dans ton sein;
Qu'un beau jeune homme, hier, en te pressant la main,
T'a fait lever les yeux vers l'amour qui te brise.

Rêve et Désir

RÊVE ET DÉSIR

A madame H. L.

A quoi songez-vous quand l'arbre frissonne
Dans la solitude, où l'oiseau des nuits
Egrène à loisir ses charmants ennuis
Tandis qu'au lointain la clochette sonne?

A quoi songez-vous quand, près du ruisseau
Qui va serpentant sous l'herbe nouvelle,
L'herbe vous reflète et vous fait si belle
Qu'on dirait Vénus se mirant dans l'eau?

A quoi songez-vous quand la forêt verte
S'emplit au printemps d'un doux gazouillis?
A quoi songez-vous lorsque les taillis
Peuvent contempler votre corps inerte?

A quoi songez-vous quand l'hiver neigeux
Assombrit le ciel et glace la terre?
Lorsque vous restez parfois solitaire
Alors qu'il serait si bon d'être deux?

A quoi songez-vous lorsque votre lèvre
Murmure en sommeil ce mot si joli
Que vous confiez aux blancheurs du lit,
Ce mot dont l'accent vous donne la fièvre?

A quoi songez-vous, Madame?... Et pardon,
Pardon, n'est-ce pas? pour mon faible crime.
J'oubliais cela : vous êtes la cime,
Et moi je ne suis que le liseron.

Amour brisé

AMOUR BRISÉ

C'EST Octobre. Les feuilles du bois ont jauni.
Dans les cieux colorés d'opale et d'améthyste,
Sous le soleil, avec un tout petit bruit triste,
Elles s'en vont, chassant l'oiselet de son nid.

Elle s'envole aussi cette page d'amour!
Cet idéal rêvé, qu'un seul automne efface,
Cet idéal qui fuit et se perd dans l'espace,
Oh! comme il est lointain! Oh! comme il semble court!

Et c'est toujours ainsi que finissent les choses.
On veut aimer, on aime; et, des branches de roses
Qui formaient un berceau d'amours et de baisers,
Il ne reste bientôt qu'un monceau de décombres,
Où l'on se plait encore à vivre quand les ombres
Versent leurs flots d'ennui dans le cœur des blasés.

Amour! quoi donc es-tu, puisque tu meurs si vite?
Pareil au sphinx, dont l'aile incertaine palpite
Et qui vogue ébloui d'azur et de soleil,
Tu nous conduis parmi des plaines éthérées,
Où nous trouvons, hélas! — chimères adorées, —
Des songes qui feront plus mauvais le réveil.

Rimes au Printemps

RIMES AU PRINTEMPS

PRINTEMPS, d'où viens-tu ? Qu'as-tu sous tes ailes ?
Des fleurs, des parfums, des frissons d'amour.
Printemps, toi qui rends les choses plus belles,
Je veux aujourd'hui fêter ton retour.

Oh ! combien je t'aime avec tes ivresses.
Ton ciel, ton azur, tes bourgeons naissants ;
Avec ton sourire à tous les passants,
Avec tes langueurs pleines de caresses.

Oh ! combien je t'aime avec ton soleil,
Dont les rayons d'or vont trouer les branches,
Avec tes tapis de fleurettes blanches,
Avec ton lointain profond et vermeil !

Oh ! combien je t'aime, ô saison frivole,
Sous l'immensité calme de tes nuits,
Lorsque tu t'endors, — et sans autres bruits
Que des amoureux la romance folle !

Sur l'Album

de Mlle Hélène de Lesseps

SUR L'ALBUM

DE Mlle HÉLÈNE DE LESSEPS

Je vous avais promis des vers ;
Mais pardonnez à ma paresse ;
Car je viens tenir ma promesse
Quand les arbres ne sont plus verts.

La saison froide des hivers
Ne met pas le cœur en liesse.
Un souffle profond de tristesse
S'élève en mille endroits divers.

Tout est morose, tout vous glace.
Le soleil manque dans l'espace.
On ne s'est jamais vu si seul.

Et sur cet album je regrette
De ne laisser qu'une bluette
Qui ressemble au blanc d'un linceul.

22 Novembre 1893.

Vieux Serviteur

6

VIEUX SERVITEUR

Je l'admirai souvent, souvent.
Il s'en allait crinière au vent,
L'air enflammé, l'allure fière,
Sur la route, dans la bruyère,
Portant son maître élégamment,
Le joli petit cheval blanc.

J'aimais son bref hennissement,
Lorsqu'il s'élançait gentiment,
Secouant sa tête guerrière,

Et qu'il fuyait dans la poussière,
Sous les feux du soleil couchant,
Le joli petit cheval blanc.

Il déclina subitement;
L'âge rendit faible son flanc;
Il demeura sur la litière.
Et son apparence première
Il dut la perdre lentement,
Le joli petit cheval blanc.

Il n'existe plus maintenant.
— Adieu le mors tout écumant!
Il a vécu l'heure dernière.
Mais au lointain, dans la poussière,
Je crois le voir fuir noblement,
Le joli petit cheval blanc.

Après l'Automne

6.

APRÈS L'AUTOMNE

Voici l'hiver. Un grand ciel pâle,
D'où les astres sont descendus,
Où les ramiers se sont perdus,
Semble pousser un dernier râle.
Et les autans, rageurs vilains,
Qui viennent de briser leurs portes,
Font danser, comme autant de nains,
Les cadavres des feuilles mortes.

Voici l'hiver. Le ramoneur,
Sur le faîte des cheminées,
En bonnet noir, les matinées,
Jette aux passants un nom moqueur.
Heureux que sa tâche soit faite,
Il disparait dans le fourneau,
Songeant à la bonne galette
Dont on lui coupe un long morceau.

Voici l'hiver. Le soir on veille,
Les pieds tendus vers les tisons,
Pendant que le cri des grillons
Vous frappe doucement l'oreille.
On lit, on parle et l'on s'endort;
Et vraiment cela vous chagrine
De traverser le corridor
Pour gagner la chambre voisine.

Veillée

VEILLÉE

En dépit du grand froid, la joyeuse famille
Devant le foyer rouge, en un cercle causeur,
Se rassemble. Tout haut le jeune enfant babille,
Sourit à sa maman et taquine sa sœur.

De ses doigts amaigris tricotant des chaussettes,
La grand'mère se tient assise en un fauteuil.
Une larme parfois brille sous ses lunettes :
Elle songe à celui qui lui cause son deuil.

Mais bientôt le bambin au doux sommeil se livre.
La paupière se clôt sur ses jolis yeux noirs.
Dans sa main entr'ouverte il ne tient plus son livre.
La veillée est pour lui trop longue tous les soirs.

L'aïeule a laissé son travail opiniâtre,
Dès que sonne minuit, et prie à deux genoux.
Que j'aime ces moments passés auprès de l'âtre!
Oh! que de souvenirs ils éveillent en nous!

Nouvel An

NOUVEL AN

Je vous souhaite bonne année,
Grands ou petits, jeunes ou vieux.
Il vous faut tous être joyeux
Et sourire à cette journée.

Êtes-vous jeunes ? — Dans la main
De l'aïeul à la barbe grise
Laissez seulement pour surprise
L'espoir de plus d'un lendemain.

Et s'il en devine la cause,
S'il vous répond : « Je n'y crois pas, »
Évitez de lui parler bas,
En cachant mal un air morose.

Êtes-vous jeunes ? — Les bonbons
Excitent votre friandise ;
Mais gardez votre convoitise
Pour la fillette aux yeux fripons.

Charmante elle est dans son corsage.
Et, regardez, elle sait bien
Que les mamans ne disent rien
Aujourd'hui si l'on n'est pas sage.

On lui serrait le bout des doigts
Lorsqu'en venait la circonstance.
Sans dépasser la convenance,
Chacun peut l'embrasser deux fois.

Et puisque la chose est permise,
Le vieux, indulgent, sourira ;
Car aussitôt il se verra
Jeune, malgré sa barbe grise.

Promenade

PROMENADE

ALLONS, marchez droit devant vous,
Tout auprès des buissons de houx
Verdis par la feuille nouvelle.
Le soleil rayonne et, là-bas,
Amoureux, ne voyez-vous pas
Cette Vénus qui vous appelle?

Allons, marchez droit devant vous,
Sans vous occuper des jaloux
Qui se moquent de vos manières,

Parce que, trop vieux maintenant,
Ils ne peuvent en faire autant
Sur l'herbe molle des clairières.

Allons, marchez droit devant vous;
Le repos en sera plus doux :
Se reposer c'est l'habitude,
Lorsqu'on respire l'air des champs,
Par un jour calme de printemps,
Au milieu de la solitude.

Rentrez, marchant droit devant vous,
Tout auprès des buissons de houx
Verdis par la feuille nouvelle.
Le soleil décline et, là-bas,
— Amoureux, n'entendez-vous pas ? —
L'heure du diner vous appelle.

Farfadets

FARFADETS

D'où viennent ces petits démons
Qui vont mettre du givre aux branches ?
Dans la plaine, au sommet des monts,
D'où viennent ces petits démons
Qui, vêtus de tuniques blanches,
Partout suspendent des fleurons ?
D'où viennent ces petits démons
Qui vont mettre du givre aux branches ?

Le soir descend. Les astres d'or
Grelottent sous les brumes grises.
Sur la terre au sombre décor,
Le soir descend. Les astres d'or
Attendent le retour des brises
Où s'alanguit le son du cor;
Le soir descend. Les astres d'or
Grelottent sous les brumes grises.

Minuit sonne. Le farfadet
Des solitudes se réveille.
Oh! qu'il est maigre! qu'il est laid!
Minuit sonne. Le farfadet
A mis son habit de la veille,
Son habit de lin tout brodé.
Minuit sonne. Le farfadet
Des solitudes se réveille.

Une voix criarde a gémi
Sur le bord de la forêt brune,
Traversant l'espace endormi.
Une voix criarde a gémi
Qui semble venir de la lune
Et qui vous chante : « Do, ré, mi. »
Une voix criarde a gémi
Sur le bord de la forêt brune.

Mille petits démons ailés
Ont reconnu la voix d'alarmes.
Et de l'écorce des vieux charmes
Mille petits démons ailés,
Les bras crochus, visage en larmes,
Aussitôt se sont envolés.
Mille petits démons ailés
Ont reconnu la voix d'alarmes.

Mais voici mille autres lutins
Qui fredonnent leurs chansonnettes.
Au milieu des taillis voisins,
Mais voici mille autres lutins,
Pareils à des marionnettes.
Dans les champs, sur les maisonnettes,
Mais voici mille autres lutins
Qui fredonnent leurs chansonnettes.

La nuit s'achève. A l'horizon,
L'aube hivernale va paraître.
Plus de ronde ni de chanson.
La nuit s'achève. A l'horizon,
Se dressent blancs les bras du hêtre
Qui semblent pris d'un long frisson.
La nuit s'achève. A l'horizon,
L'aube hivernale va paraître.

Partout le givre a festonné
Les campagnes de sa dentelle,
Près du vieux château ruiné.
Partout le givre a festonné
Les glycines de la tourelle
Où jadis un seigneur est né.
Partout le givre a festonné
Les campagnes de sa dentelle.

Et les farfadets sont heureux,
Tapis au fond de leur retraite;
Car le jour ils sont très peureux.
Et les farfadets sont heureux,
Parce qu'ils reprendront la fête
Ce soir, au bord des bois ombreux.
Et les farfadets sont heureux,
Tapis au fond de leur retraite.

La Barque

LA BARQUE

A Alphonse Daudet.

L'AUBE brillait à peine, et dans Paris brumeux
Vingt jeunes gens entraient, tous les vingt désireux
De prendre le carcan de la littérature.
Pauvres : deux francs chacun, — le prix d'une voiture.
Mais, le cerveau gonflé des choses du Midi,
D'avance ils triomphaient de ce métier maudit,
Où tant d'autres n'avaient trouvé que la misère.

Jeunesse de la vie, ô printemps éphémère!
— Doux rayon d'un soleil ivre d'or et d'azur;
Nuage qui dans l'air porte son flocon pur,
Ignorant que bientôt soufflera la tempête;
Arbrisseau murmurant un joyeux chant de fête;
Lac sans ride aujourd'hui, demain plein de courroux,
Suffit-il à ton Dieu de traîner les genoux
Sur les dalles, parmi l'ombre de la chapelle,
Pour qu'il la donne enfin cette gloire immortelle,
Vers laquelle se sont tendus, sans la saisir,
Dans l'élan de l'espoir et l'ardeur du désir,
Mille bras tout d'abord musclés par le courage
Et qui se sont plus tard brandis avec la rage
De l'innocent qui meurt et qui veut se venger?

Les Lettres aussitôt regardent se ranger
Les Vingt nouveaux venus sur la barque des jeunes.
En avant pour la lutte! et tant pis si les jeûnes
Au plus fort de l'hiver font souffrir de la faim.
Vite en marche! Et chacun, sa plume dans la main,
Vers l'infini du bleu lève ses yeux superbes.
Adieu, Provence avec tes roses dans les herbes;
Adieu, lande sauvage; adieu, monts imposants;
Adieu, nuits où brillaient les jolis vers luisants,
Sous le reflet blafard de la lune pâlie;
Adieu, Bretagne; adieu, beau ciel de l'Italie;

Adieu, riche Touraine; adieu, rives du Rhin,
Champs embaumés par les senteurs du romarin;
Pays natal, adieu. — Les voilà tes poètes!
Ils partent en rêvant les plus nobles conquêtes.
Pour tes fils, orgueilleux de te rendre plus grand,
Que ton cher souvenir combatte au premier rang!

Et toi, fameux Paris, où flotte ton navire?
Regarde un peu là-bas : il chancelle, il chavire,
Il sombre; et des rameurs qu'il portait sans effort,
Un seul revient déjà qui va toucher au port.
Ah! quel est ce vainqueur aimé des destinées?
Son talent? son berceau? ses œuvres? ses années?
Pourquoi donc gravit-il le sommet des honneurs?
— Mais Paris dédaigna tous ses questionneurs
Et, content de savoir, lui, comment il se nomme,
Dans l'enfant du naufrage il salue un grand homme.

La Bourboule, 26 septembre 1893.

Un Rêve

UN RÊVE

C'ÉTAIT un orphelin, — le fils d'un parvenu, —
Un bûcheur. Chaque année il avait obtenu
Les premiers prix dans un collège de province.
Malgré ses dix-huit ans et son talent très mince,
Il était fier de lui le petit écolier.
Aussi lorsqu'un beau jour il se vit bachelier,
Lui qui déjà souvent avait rêvé de gloire,
Grisé par son succès, il crut à la victoire.

— Trois semaines après, il habitait Paris,
Paris! qui rend fameux les forts qu'il a nourris;
Paris! cet océan de plaisirs, de coquettes,
Où peut vagabonder la muse des poètes;
Paris! qui n'a jamais eu de juste milieu
Et d'un simple mortel fait presque un demi-dieu,
Si tel est son désir ou mieux sa fantaisie.
Le jeune homme adorait l'art de la poésie.
Il s'y jeta, les yeux bandés, tâtant de tout,
Passant les nuits, au risque de s'éveiller fou,
A retoucher des vers pour atteindre au sublime.
Bref, il parvint si bien à manier la rime
Qu'à peine au bout d'un an il devenait auteur.
Il n'avait plus qu'à découvrir un éditeur
Qui lui lançât son œuvre avec force réclame.

Un éditeur! du bruit! Le public vous acclame.
Il vous chérit. On est célèbre. On voit son nom
Sur les murs, au verso des journaux en renom.
Ici, là-bas, partout un regard vous envie;
Il règne autour de vous comme un courant de vie;
Et chaque jour précède un heureux lendemain.
Les amis sont jaloux de vous serrer la main,
Pour vous parler un peu de votre prochain drame.
Voulez-vous pour maitresse une adorable femme?
Mais vous la possédez, artiste, elle est à vous

Qui l'avez su charmer de vos chants les plus doux,
En peignant la beauté d'une amoureuse exquise.
Qu'elle soit plébéienne ou qu'elle soit marquise.
Poète, elle est à vous quand votre cœur voudra.

Et ce rêve enivrant, où l'enfant s'égara,
Loin de se figurer la lutte malaisée,
Brilla, puis disparut ainsi qu'une rosée...
Eh quoi! déjà! si vite! Et plus rien? plus d'espoir?
La chute inévitable au fond du gouffre noir,
Après l'essor hardi vers la nue éthérée.
Adieu, moisson féconde! Adieu, tête parée
De lauriers verts comme la nymphe à son réveil!
Tout s'effondrait. Les nuits s'écoulaient sans sommeil;
Et le ciel n'ayant plus de couchant ni d'aurore,
Le jour venu, l'artiste les voulait encore
Ces nuits qui lui faisaient accuser le destin.
Dans sa chambrette, au bout du vieux quartier Latin,
D'abord il demeura seul avec sa souffrance,
Quand, foulant à ses pieds regrets et nonchalance,
Il se sentit robuste et tâcha d'oublier.
Dès lors on put le voir, les jeudis, à Bullier
Se mêler au fracas infernal des quadrilles,
Exciter de gros mots le cynisme des filles
Et, le bal terminé, s'en aller en chantant,
Pour ne s'en éloigner qu'à l'aube seulement,

Dans les bouges hantés par la débauche obscène.
Alternant le plaisir du café, de la scène,
Il se trouvait heureux et n'avait plus souci
Que de vivre longtemps, longtemps, toujours ainsi.
— Il n'avait pas subi toute son infortune.
Avec l'amour du jeu, bientôt de sa fortune
Qu'il semait au hasard et sans aucun effort,
Il ne lui resta plus que douze pièces d'or
Pour payer les derniers bijoux de sa maîtresse.
Il se souvint alors et connut la détresse.
Oh! l'horrible supplice! Oh! le moment fatal!
Eh quoi! déjà! si vite! Et plus rien?

« L'hôpital! »
Répondit une voix au rire d'asthmatique.
« C'est là que va finir la grisette phtisique.
A l'hôpital, noceur! Tu n'as plus qu'un poumon. »

Il obéit, malgré son rang, malgré son nom.
Et le terrible mal le mena vers la tombe.
Dans un de ces instants où tout espoir succombe,
Le poète aperçut, assis près de son lit,
Un jeune homme au regard humide, au teint pâli.
Il l'eut vite remis : c'était un camarade.
Et comme celui-ci s'efforçait, par bravade,
De paraitre joyeux, le moribond pleura.

Aussitôt son esprit affaibli s'égara,
Rien que des sons confus sortirent de sa gorge,
Semblables au hoquet d'un lourd soufflet de forge,
Puis, soudain se dressant d'un bond sur son chevet,
Il dit à son ami ces mots :

« J'avais rêvé! »

L'Impie

L'IMPIE

Il s'appelait César et n'avait pas trente ans.
Reniant Dieu, blasé depuis déjà longtemps,
Il voyageait beaucoup. Or, il lui prit envie
De visiter l'Auvergne; et, comme de sa vie
Il n'avait jamais su vaincre un simple désir,
On le vit aussitôt se hâter de partir.

Un jour qu'il parcourait au hasard la campagne,
Il aperçut, au pied d'une haute montagne,
Une roche d'aspect bizarre qui lui plut.
— Avisant une vieille, elle avait répondu
En se signant deux fois et d'une main tremblante :
« Cette roche, monsieur, c'est la Roche parlante! »

Le promeneur s'en fut bien vite en ricanant;
Puis lorsqu'il eut atteint le rocher surprenant,
Il lui jeta ces mots : « Si ta crête me nomme,
Aussi vrai que je suis descendant d'un grand homme,
Sur-le-champ pour toujours je me convertirai. »
Alors des flancs du roc par le feu torturé
Une voix s'éleva, puissante et souterraine :
« Passant, je te savais d'origine romaine.
Mais ton illustre aïeul, s'il vivait aujourd'hui,
Rougirait de te voir si peu digne de lui.
Il a marché sur moi, le conquérant des Gaules,
Le César dont la gloire éblouit les deux pôles!
Son allure était ferme et son regard serein.
Toi, tu trembles de peur, le froid glace ta main.
Tu voulais me railler? Eh bien, qu'il te souvienne
Du rocher découvert dans cette gorge ancienne,
Et qui vient de prouver devant ton œil hagard
Que pour sortir du doute il n'est jamais trop tard. »

Voyant qu'il n'était pas le jouet d'un fou rêve,
Comme une branche morte où remonte la sève,
Dès qu'un profond silence eut remplacé la voix,
L'impie eut un remords et murmura : « Je crois. »

La Bourboule, 26 août 1893.

Le mauvais Spectre

LE MAUVAIS SPECTRE

JEUNE homme, quel naufrage emporte ta pensée ?
Quel chagrin fait gémir ta poitrine oppressée ?
Et pourquoi ton beau front doré par le printemps
Veut-il déjà céder sous l'effort des autans ?
Quel profane a noirci l'idéal de ton rêve ?
Quand l'aube de la gloire à tes regards se lève,
Que tes doigts vont toucher tes désirs de là-bas,
Qui se plaît à briser les roses sous tes pas ? »

Il est nuit ; le ciel brille. Un enfant blond écoute
Cette ombre qui pourrait le consoler sans doute ;

Car il souffre, et l'espoir vient de l'abandonner.
Dieu? Mais il n'y croit plus. Il voudrait se donner
A Satan; mais Satan, armé d'un cimeterre,
N'a pas encor percé l'écorce de la terre.
Satan? Chimère folle! utopie, où la croix,
La raison, l'Écriture ont sombré tant de fois!
Dieu? Mais contre ce Dieu sans cesser il blasphème.
Qu'importe la menace autant que l'anathème?
Dieu? Mais autre utopie, où la peur de la mort
A plongé l'homme faible en le rendant moins fort!
Dieu? Mais est-il possible un seul instant d'y croire?
Quels insensés jadis ont écrit le grimoire
Que d'autres insensés nomment commandements?

L'ombre parut plus grande et s'écria : « Tu mens!

— Alors, parle. Celui qui se sent l'âme en fête
Pour tes discours trop vains n'aurait pas l'âme prête.
Moi j'ai le cœur rempli du plus affreux chagrin.
L'espérance a brisé sur moi son dernier brin.
Je crus, j'aimai. Bientôt l'amour et la croyance
Ont vu par la douleur emporter la balance.
J'ai lutté. Mes deux bras souvent se sont raidis
Contre le sort fatal et ses arrêts maudits.
J'ai lutté jusqu'au bout, je lutterais encore...
Mais pourquoi donc railler mes désirs, mon aurore?

Pourquoi montrer des fleurs qui naissent sous mes pas?
Ombre, tais-toi! Je sens que je ne pourrais pas
Supporter ton audace où perce l'infamie.
Si ta voix n'était pas une voix ennemie,
Tu serais demeurée au seuil de ma maison.
Va-t'en chez le forçat qui meurt dans sa prison,
Qui se cache aux regards de la foule mauvaise!
Va-t'en chez le damné brûlant dans sa fournaise!
Va-t'en trouver le Diable et jamais ne reviens!
Je t'ai dit de parler; arrête et te souviens!
Oui, spectre, souviens-toi! Mon serment trop fragile,
Je l'avais oublié; tu me rendais docile.
En t'écoutant, soudain je me suis vu plus fort.
Pourquoi? je ne le sais. Mais puisque mon effort,
Puisque mon idéal, mon espoir, ma fortune
Se sont évanouis comme un beau clair de lune;
Puisque, las de souffrir, contre tout j'ai lutté;
C'est fini, bien fini; le sort en est jeté.
J'attends, calme et sans peur, la mort qui me refuse.
Voudrais-tu par hasard qu'innocent je m'accuse?
Non, spectre! Trop de fois j'ai fouillé mes tourments.
Remporte ton injure, et la voici : Tu mens! »

17 septembre 1893.

Le Châtiment

LE CHATIMENT

I

Enfin le jour maudit a brillé sur ton front.
Il te la fallait bien cette marque d'affront.
C'est fait! La porte grince en laissant voir le bagne.
Après avoir jeté ton dernier lambeau d'or,
Te voilà donc pareil au superbe condor
Qui gît, l'aile brisée, au pied de la montagne.

Entre, nouveau forçat, dans le cachot des pleurs.
Le ciel a tout perdu : sa brise, ses splendeurs,
Sa foudre, ses oiseaux, son soleil, ses étoiles.
Les arbres ont caché pour toi leurs rameaux verts,
Les champs leurs blonds épis, et la vague des mers
Le bruit de ses chansons et la blancheur des voiles.

C'est fait! L'heure fatale a tinté par trois fois;
L'écho dans un grand rire a répété sa voix.
L'étonnement d'abord, puis l'horrible souffrance
Ont torturé ton âme, enfant qui n'as commis
Que le crime effrayant, atroce, d'avoir mis
Ton courage à donner un poète à la France.

Pourquoi frapper ainsi, grand Dieu? Pourquoi punir
L'innocent dont les yeux regardaient l'avenir
Et qui pourrait peut-être, au plus fort des batailles,
Ranimer les soldats par un de ces refrains
Qui sentent le salpêtre et le chant des airains
Et toujours font jaillir l'audace des entrailles?

II

O toi, siècle cupide, égoïste, menteur;
Siècle qui, sans rougir, commerces de l'honneur;
Qui le vends à tout prix, selon qu'on te commande;
Courbe l'échine et souffre au moins que je demande
Si tu crois obtenir, en agissant ainsi,
Des artistes bien nés même un banal merci.

Fi donc! Vendre la gloire éclatante au poète!
Il la gagnait jadis; à présent il l'achète.
Ça vaut mieux, c'est plus simple; à quoi bon travailler,
Lorsque l'on peut bien vivre et qu'on peut sommeiller
En paix, sans se pencher chaque nuit sous la lampe?

Jeune écrivain, allons! pare-toi d'une hampe
Où ton nom brillera sur l'univers entier.
C'est ton salut suprême : il faut te la payer.
Emprunte cent louis? Sans souci de ton âge,

Sans peser ton talent, ton âme, ton courage;
Sans savoir d'où tu viens, le pompeux *Figaro*,
A ton aspect, au lieu de s'écrier : « Haro! »
T'ouvrira poliment un salon magnifique.
Voyons, mon bon ami, tu n'es pas si sceptique
Que tu doutes dejà de cette vérité?
Ce qu'il faut aujourd'hui, c'est la témérité;
C'est l'intrigue poussée aux limites dernières.
Un exemple : As-tu vu quelquefois des « premières »?
Oui, n'est-ce pas? Eh bien! qu'en ont dit les journaux
Dans leurs comptes rendus pleins de compliments faux?
Le théâtre n'est pas, comme on croit, un cénacle;
C'est un tréteau de foire où l'on monte un spectacle;
Et si dame Réclame, avec son gros tambour,
Ne faisait un vacarme infernal chaque jour,
Bien des pièces, vois-tu, lorsque le rideau tombe,
S'en iraient vers l'oubli qui précède la tombe.
Et toi, fils de banquier, qu'on improvise auteur,
Si tu n'avais glané, brin par brin, ton honneur;
Si tu n'avais payé très cher ta renommée;
La porte du succès pour toi serait fermée.

III

J'ai dit. Ma foi! tant pis si quelques mécontents
Rencontrent dans mes vers quelques mots insolents.
En tout cas, mon parler est très franc; et si j'ose
Rapporter un effet, c'est qu'il vient d'une cause;
C'est que, lorsqu'on est jeune et qu'on a dû souffrir,
Châtier le coupable est un divin plaisir.
Car j'ai souffert aussi; j'ai vécu, l'âme triste,
Cette vie enfiévrée et noire de l'artiste,
Dont les bourgeois ventrus parlent en ignorants.
Elle conduit, je sais, parmi les plus bas rangs.
Il faut connaître tout, tout fouiller. La débauche
Certes a suspendu plus d'une œuvre à l'ébauche.
Mais les nuits au dehors, au lieu d'être un écart,
Ne sont qu'une exigence, un tribut de tout art.
L'Art! C'est un dieu qui veut qu'on subisse son culte.
Il est tantôt visible, il est tantôt occulte.
L'artiste, lui, n'a pas qu'à fixer l'horizon,
Le ciel, la mer, les champs verdis par le gazon,

L'étoile scintillant au firmament d'automne,
L'oiseau qui fait son nid, la feuille qui frissonne,
Le ruisseau qui s'enfuit au hasard dans les bois,
L'aurore s'éveillant au sein de mille voix,
Le soleil radieux, le nuage qui passe;
Non! l'Art ne s'éteint pas où s'arrête l'espace.
Il est plus vaste encor, plus noble; il va si loin,
Profanes, que vos yeux ne l'aperçoivent point.

IV

Me comprendriez-vous, gens pour qui le poète
N'est qu'un fou dont le vide emplit toute la tête?
J'en doute. Vous convaincre est aussi malaisé
Que de rendre l'amour au vieillard épuisé.
Au galop je vous ai décoché cette flèche.
Conservez-la; demain, si rien ne m'en empêche,
Une autre s'en viendra vous frapper en vibrant.
Et moi qui ne crains pas le propos médisant
Qu'au sein de vos loisirs vous tiendrez sur mon compte,
Je suis déjà ravi de ce petit acompte.

Car l'enfant malheureux dont je viens de parler
En me lisant un jour pourra se rappeler
Que, s'il n'a pas lui-même accompli cette tâche,
Il fut du moins quelqu'un pour flageller le lâche.
Et s'il souffre beaucoup, — heureux malgré ceci, —
Moi je suis bien certain qu'il me dira merci.

Octobre 1893.

Pour la Russie

POUR LA RUSSIE

I

FRANÇAIS, levez la tête, arborez vos drapeaux!
Clairons, tambours, chantez vos refrains les plus beaux!
Campagnards, laissez vos charrues!
Qu'importe le travail? C'est dimanche aujourd'hui.
Un nouveau ciel jaillit des horreurs de la nuit.
Joyeux enfants, courez les rues!

Un soleil inconnu sur ton sol s'est levé,
Cher vieux pays. Allons! montre ton œil crevé,
Vétéran de l'heure sanglante;
Prends ton ruban d'honneur et ta jambe de bois;
Aux rumeurs du canon, ta pipe entre les doigts,
Mêle ta note triomphante!

Car c'est toi qui les vis tomber, nos régiments,
Ainsi que sous le fer sont tombés les froments
Qui seront broyés par la meule.
Pour un noble trépas Dieu les avait faits mûrs;
Et de l'ombre des bois et du sommet des murs
La Mort, sinistre, ouvrit sa gueule.

Car c'est toi qui les vis, nos fameux cuirassiers,
L'œil en feu, suspendus aux crins de leurs coursiers,
Aux ennemis criant : « Au large!
L'ouragan va passer sur vos corps en lambeaux! »
— Les sublimes enfants! Qu'ils devaient être beaux
En poussant leur dernière charge!

Simple héros, c'est toi qui contemplas encor
La balance géante où l'on pesa cet or
Qui ne devait pas leur suffire,

C'est aussi devant toi qu'ont pleuré les deux sœurs.
Devant toi — l'opprimé — le clan des oppresseurs
A savouré notre martyre.

Oh ! pourquoi t'affliger d'un si lugubre affront !
France, quel criminel avait souillé ton front
Autrefois couvert de verdure ?
Pour perdre en un seul jour ta moisson de lauriers,
Quel vampire enfonça ses ongles meurtriers
Dans les muscles de ta stature ?

II

Mais c'est fait. Les sombres vautours,
Ces buveurs de sang des batailles,
Perchés sur le sommet des tours,
Se sont repus de nos entrailles.
Les mères ont pleuré les fils,
En jetant de faibles défis
Aux Teutons qui chantaient : Victoire !
Le désastre noir a soufflé,
Brisant notre étendard gonflé
Par le vrai frisson de la gloire.

C'est fait! Les mousquetons en vain
Ont brûlé ta poudre d'ardoise,
Infâme traître dont la main
Vint parmi nous, lâche et sournoise.
Tu supposais avec raison
Que le prix de ta trahison
Serait payé par l'Allemagne;
Que Guillaume, en bon empereur,
T'appellerait « un brave cœur »,
Au lieu de te plonger au bagne.

C'est fait! L'aigle prussien sur Sedan a plané.
Dans sa serre nerveuse il étreint une chaîne.
Il sent que sa vengeance est immense et prochaine.
C'est fait! L'instant fatal dans les airs a sonné.

Partez, soldats; partez, soldats superbes,
Laissant tous ceux qui n'ont pas survécu,
Dont le sang coule en rougissant les herbes;
Partez, avec le remords du vaincu!

Et vous, drapeaux criblés de balles,
Inclinez-vous sur les fronts pâles,
Sans rien perdre de votre orgueil;

Car votre haillon tricolore,
C'est la France qui vit encore
Et qui doit supporter son deuil.

C'est ce Bazaine ignoble piège ! —
Livrant Metz en état de siège ;
Strasbourg qui fume à l'horizon ;
Paris mangeant des rats de cave
Et regardant, de son œil cave,
Par les barreaux de sa prison.

C'est la Patrie à mort blessée
Qui, par un glaive traversée,
La chevelure éparse au vent,
Malgré l'abime du désastre,
Espère voir poindre son astre
Dans le ciel calme du Levant.

III

Oh ! laissez-moi, fuyez, souvenirs trop funestes !
Gravissez le sommet de nos sites agrestes,
Vous les prisonniers d'autrefois.
Là-bas, sur l'onde bleue, une flotte s'avance,
Qui mêle ses couleurs aux couleurs de la France
Et sa voix guerrière à sa voix.

D'où revenez-vous donc, magnifiques navires ?
Pourquoi ces matelots ? Pourquoi tous ces délires ?
Pourquoi la foudre du canon ?
De quel pays béni ramenez-vous l'ivresse,
Le triomphe et la paix, la force et la richesse
Dans cette rade de Toulon ?

Mais j'oubliais. C'est toi, vaillante flotte russe,
Qui, méprisant tout haut les offres de la Prusse,
Viens chez nous nous tendre la main,

Afin de bien prouver qu'Italie, Angleterre,
Avant de s'allier pour cerner notre terre,
Doivent songer au lendemain.

Salut à vous, marins au cœur plein d'espérance!
Salut! enfants du Nord, protecteurs de la France
Contre trois tigres en courroux,
Qui voudraient voir encore, aux prochaines batailles,
Des milliers de vautours nous mordre les entrailles
Et se percher sur nos genoux!

Le devoir commandait : j'obéis. Le poète
N'a pas qu'à présenter une ligne coquette
Aux murmures de Floréal.
Si sa muse ne chante aux quatre coins du monde
La gloire du pays et sa douleur profonde,
Il n'est pas fils du sol natal.

Poète dit : soldat, orgueil, fierté, courage.
La plume est une épée où se brise l'outrage,
Avec celui qui n'a pas peur
D'exalter les héros, de dévoiler le crime
Et de donner un sens à la banale rime,
En flétrissant le déshonneur.

Et c'est pourquoi je cloue au pilori d'avance
— Quels que soient son parti, son niveau, sa croyance —
L'homme qui serait sans remords,
Au son de l'Hymne russe et de la Marseillaise,
De n'avoir su garder sous sa veste française
Le souvenir des anciens morts.

Car ils voudraient, du fond de leur sépulcre humide,
Pouvoir sortir soudain leur visage livide,
Leur maigre torse mutilé,
Pour montrer à cet homme oubliant la défaite
Comment eux, pauvres morts, auraient le cœur en fête,
Puisqu'ils se sont bien rappelé.

Octobre 1893.

Table

TABLE

Achevé d'imprimer

le vingt-deux février mil huit cent quatre-vingt-quinze

PAR

ALPHONSE LEMERRE

25, RUE DES GRANDS-AUGUSTINS, 25

A PARIS

4. — 2313.

POÈTES CONTEMPORAINS

Volumes in-18 jésus, imprimés en caractères antiques sur beau papier vélin.

Chaque volume, 3 francs.

L. Ackermann	*Poésies*	1 vol.
Jean Aicard	*Le Livre d'Heures de l'Amour*	1 vol.
Numa d'Angély	*Les cent petites Toiles champêtres*	1 vol.
De l'Angle-Beaumanoir	*Les Fleurs noires*	1 vol.
Jules Arnulf	*L'Éternelle Chanson*	1 vol.
Eugène Aubert	*Élans et Tristesses*	1 vol.
Auguste Audy	*L'Amour en marche*	1 vol.
Jules d'Auriac	*Poèmes d'autrefois*	1 vol.
Victor d'Auriac	*Pâques-Fleuries*	1 vol.
Georges Bal	*Autres Mondes*	1 vol.
Jacques Baillieu	*Rêves et Réalités*	1 vol.
Jules Barbier	*La Gerbe*	1 vol.
Auguste Barrois	*Miettes de Souvenirs*	1 vol.
Frédéric Bataille	*Le Vieux Miroir*	1 vol.
—	*Poèmes du soir*	1 vol.
Gabriel Beau	*Chants d'amour et de paix*	1 vol.
Bellanger	*Trilles et vocalises*	1 vol.
André Bellessort	*Mythes et Poèmes*	1 vol.
A. de Bengy-Puyvallée	*Les Ravenelles*	1 vol.
—	*Lys à deux branches*	1 vol.
Ernest Benjamin	*Veillées poétiques*	1 vol.
Jean Berge	*Les Extases*	1 vol.
—	*Voix nocturnes*	1 vol.
Émile Bergerat	*Poèmes de la guerre*	1 vol.
—	*La Lyre Comique*	1 vol.
Henri Bernès	*Les Ailes du rêve*	1 vol.
Henry Berson	*Poèmes capricieux*	1 vol.
Yves Berthou	*La Lande fleurie*	1 vol.
Martial Besson	*Poèmes sincères*	1 vol.
Blanchecotte	*Les Militantes*	1 vol.
Émile Blémont	*Poèmes d'Italie*	1 vol.
—	*Portraits sans modèles*	1 vol.
—	*Poèmes de Chine*	1 vol.
Édouard Bodin	*La Plainte*	1 vol.
J. Boissière	*Devant l'Énigme*	1 vol.
—	*Provensa!*	1 vol.
Arthur de Boissieu	*Poésies d'un passant*	1 vol.
Joseph Bouchard	*A Coups d'Estompe*	1 vol.
P. de Bouchaud	*Rythmes et Nombres*	1 vol.
Louis Boué	*L'Obole*	1 vol.
Bourgault-Ducoudray	*Soirs d'enfance*	1 vol.
Georges Boutelleau	*Poèmes en miniature*	1 vol.
—	*Le Vitrail*	1 vol.
Philoxène Boyer	*Les deux Saisons*	1 vol.

Paris. — Imp. A. Lemerre, 25, rue des Grands-Augustins. — 4.-2313

www.ingramcontent.com/pod-product-compliance
Ingram Content Group UK Ltd.
Pitfield, Milton Keynes, MK11 3LW, UK
UKHW020912180726
13838UKWH00002B/504

9 782329 338248